Ricitos de Oro
y los tres osos

Adaptación de Lada J. Kratky

Ilustraciones de Carmen García

SANTILLANA USA

Había una vez una niña que se llamaba Ricitos de Oro.

Un día, fue a pasear al bosque.

Allí vio una casita
muy bonita.

Llamó a la puerta.
Nadie le contestó.
Abrió la puerta y entró.

Ricitos de Oro vio una mesa.
En la mesa, había tres platos
de sopa.

Probó la sopa del plato grande.
Estaba caliente.

Probó la sopa del plato mediano.
Estaba fría.

Probó la sopa del plato pequeño.
Estaba tibia, y se la tomó toda.

Ricitos de Oro pasó a la sala
y vio tres sillas.

Se sentó en la silla grande.
Estaba muy alta.

Se sentó en la silla mediana.
Estaba bastante alta.

Se sentó en la silla pequeña y…
¡cataplum! La rompió y se cayó.

Ricitos de Oro pasó al cuarto
y vio tres camas.

Se acostó en la cama grande.
Estaba dura.

Se acostó en la cama mediana.
Estaba blanda.

Se acostó en la cama pequeña.
Estaba muy cómoda, y allí se durmió.

En eso, llegó la familia de osos que vivía en esa casita.

—¿Quién probó mi sopa? —preguntó Papá Oso.

—¿Quién probó mi sopa?
—preguntó Mamá Osa.

—¿Quién probó mi sopa y se
la tomó toda? —preguntó Osito.

Los osos pasaron a la sala.

—¿Quién se sentó en mi silla?
—preguntó Papá Oso.

—¿Quién se sentó en mi silla?
—preguntó Mamá Osa.

—¿Quién se sentó en mi silla y me la rompió? —preguntó Osito.

Los tres osos fueron al cuarto.
Vieron a la niña, que dormía
en la cama de Osito.

Ricitos de Oro se despertó,
vio a los osos y se asustó.

—Ay, disculpen. Usé sus cosas
sin permiso —dijo la niña.

—Bueno, veo que aprendiste
una lección —dijo Papá Oso.

Ese día, Ricitos de Oro aprendió
a pedir permiso antes de usar las
cosas de los demás. Y ella y los tres
osos se hicieron buenos amigos.

© De esta edición:
2015, Santillana USA Publishing Company, Inc.
2023 NW 84th Avenue
Doral, FL 33122, USA
www.santillanausa.com

Dirección editorial: Isabel C. Mendoza
Adaptación: Lada J. Kratky
Ilustraciones: Carmen García
Cuidado de la edición: Ana I. Antón
Diseño de la colección: Gabriela López Introini
Montaje: Claudia Baca

Ricitos de Oro y los tres osos
ISBN: 978-1-63113-190-5

Published in the United States of America
Printed by Bellak Color, Corp.

20 19 18 17 16 15   1 2 3 4 5 6 7 8 9 10